차곡차곡 걸어 산티아고

차곡차곡 걸어
산티아고

연명지 에세이

북인

2019년 봄 프랑스 길, 2021년 산티아고 은의 길을 걷고 나서 카미노 블루Camino Blue에 빠졌다. 두고 온 길이 벼락처럼 달려올 때마다 운중천으로 나갔다. '판티아고'라는 거리를 만들어놓고 길에 잡혀 살고 있다. 오랫동안 걸어온 길의 마음을 소중히 여겨야 길이 나에게 몸을 열어준다는 믿음으로 스스로 운중천의 집사가 되었다.

순례길은 하나님이 나를 미행하고, 나는 하나님을 미행하는 여정이다. 우리는 서로를 미행하며 친밀해졌고 애틋한 사이가 되었다.

이토록, 무언가를 오래도록 그리워했던 적이 있었나?

순례길을 걸은 흔적을 발견하는 날은 풍경 소리를 듣게 된다. 어디선가 떠나온 사람이었던 나는, 아직 순례자 오픈 단톡방을 떠나지 못하고 있다.

산티아고 길을 걸으며 상처는 스스로 떠돌다 어느 순간 불현듯 찾아온다는 걸 깨달았다. 삶의 어느 구간을 지나갈 때, 생각의 안쪽을 서성이던 쓸쓸한 관계들이 건너온다. 지나간다는 것은 비우는 것이다. 누군가 열어보기를 기다리지 말고 나 스스로 비우면 된다.

길이 나를 지나가며 슬픔에서 구출해주었다.

두 번의 산티아고 여정에 함께해준 남편에게 고마움을 전하며 산티아고 북쪽 길을 재촉해본다.

　내가 다시 갈 때까지 길은 거기 있어 줄 거다. 그것이 길의 사랑법이다.

　레온 사진을 제공해준 카미노 단톡방의 방장, KK 김고산 님에게 감사드린다.

　지금 산티아고 길을 걷는 모든 사람에게 부엔 카미노Buen Camino!

2025년 4월 백현동에서
연명지

contents

PART 3
Camino frances

PART 1

Via de la Plata

스페인 남편

남편은 산티아고 순례길Camino de Santiago을 걷기 위해 스페인어 학원에 다녔다. 비행기표를 끊고, 일정 등을 정리하고, 숙소를 알아보는 등 많은 준비를 했다.

여행 때마다 남편이 동행해서 그래서인지, 나는 아직도 혼자 여행하는 것을 두려워한다.

그런 내게 '스페인 남편'이 생겼다.

　스페인의 수도 마드리드Madrid 아토차역Estacion de Atocha 부근 스마트폰 매장에서 유심칩을 사서 갈아 끼우자, 스페인 전화번호가 생겼다. 스마트폰에 '스페인 남편'이라고 번호를 저장했다. 그렇게 '스페인 남편'은 부킹닷컴www.booking.com에

"우리는 서로의 무늬를 잘 알고 있다. 가끔은 흔들려도 괜찮다. '스페인 남편'이 함께 걸어가고 있으니까."

서 숙소를 예약하고, 맛있는 음식을 사주고, 삼시세끼를 걱정하며 내 걸음 속도에 맞춰 동행했다.

소변이 마려울 때는 사람들이 오지 못하게 망을 봐주기도 했다. 가끔 덴마크 아줌마 같은 외국 사람을 만나면 십년지기 친구처럼 수다를 떨었다. 언어가 자유롭지 못한 나는 부엔 카미노Buen Camino 안에 다른 세상에서 들려오는 소리를 담는다. 부엔 카미노는 "좋은 순례길 되세요"라는 의미다. 부엔Buen은 '좋은', 카미노Camino는 '길'이란 뜻이다. 마주 대하거나 헤어질 때 예를 표하는 행위이기도 하다. 자상한 '스페인 남편'처럼 한국 남편도 삼시세끼 다 해결해주면 얼마나 좋을까.

우리는 서로의 무늬를 잘 알고 있다. 가끔은 흔들려도 괜찮다. 눈을 들어보면 '스페인 남편'이 함께 걸어가고 있으니까. 부엔 카미노는 위로부터의 선물이다.

나비주의

나비가 그리워 이마가 아픈 날에는 아토차역으로 간다

어느 구간과 구간 사이로 속옷을 잃어버린 나비 한 마리 아찔하게 날아다녀도 나비의 생각을 가져오지는 말아

기울기가 다른 구름이 모여드는 오후, 누군가 놓아버린 바

람의 한때가 무심하게 흘러간다 날개 안의 나비는 가끔 실종
된 속옷을 찾아 허둥대는 악몽을 꾸고, 날개 밖의 나비는 소란
으로 가득 찬 아토차역을 서성인다

　너는 조금 부끄러워도 괜찮은 거니
　사람들 눈을 잠그고 싶구나

스페인 마드리드 티센보르네미사
미술관에서 찍은 르네 마그리트의
〈상류사회〉.　　　　　19

아슬아슬 보였다 사라지는 나비의 숨결을 두고 기차는 떠나가고, 남겨진 눈들 서로의 시선을 비껴간다 먼 곳에서 온 순례자들만 모르는 들큼한 풍경이 민망하게 지나가고, 마드리드 나비도 한때는 누군가의 딸이었다는 생각을 듣는다

바람에 일렁이는 은어들이 그렁하니 떨어지고

너는
말할 수 없는 것을 말하기 위해
생급스레 美쳤구나

강 건너 이네스

왜 천사는 강 건너에 살고 있을까?

세비야Seville 호스텔에 순례자 여권인 크레덴시알 데 페레
그리노Credencial de Peregrino가 없어서 다리 건너 순례자 전용
숙소인 알베르게albergue로 갔다.

"길을 나섰으면 낡은 것들과 이별하고
새로운 각도에서 생각하자."

크레덴시알에 첫 도장을 찍어준다. 배낭을 운송해주는 모칠라mochila 서비스에 대해 물어보니 은의 길Via de la Plata은 배낭 서비스가 없어서 순례자들끼리 배낭을 모아 택시로 보내야 한단다. 귀예나Guillena까지 25유로라고 한다. 나는 호스텔로 돌아가 배낭을 보내고 싶은 순례자들과 같이 배낭을 귀예나로 보내자고 했지만, 남편은 첫날은 좀 가볍게 걷자며 여기서 택시를 예약하자고 한다.

이네스Ines가 먼저 연결을 해준다. 순례자들은 길을 걷다보면 천사를 만난다고 한다. 이네스는 천사일까? 우리가 스페인에서 처음 만난 천사는 소란스럽게 앞서간다. 약간의 불편한 생각이 마음을 쪼아댄다. 길을 나섰으면 낡은 것들과 이별하고 새로운 각도에서 생각하자. 아무것도 아닌 불편함을 달래려 그들의 친절을 더듬어보지는 말자.

선량한 사람들만 천사가 되는 건 아니다. 택시 기사에게 그녀는 천사다. 누군가 천사라고 불러주어야 천사가 된다. 길은 오늘 다녀간 사람들의 불만과 상처를 담아 뭉친 슬픔을 풀어주고 있다. 그래서 알베르게에서 누군가 코를 심하게 골아도 용서해야 한다.

그늘에 대한 서사
— 은의 길(세비야~귀예나)

"네가 어디로 가든지 네 하나님 여호와가 너와 함께하느니라 하시니라."(여호수아 1장 9절).

스페인 산티아고 은의 길은 세비야 대성당Catedral de Sevilla에서 출발해서 산티아고 데 콤포스텔라 대성당Catedral de Santiago de Compostela까지 1,007㎞를 걷는 순례길이다. 프랑스

"어느 길을 가든 그곳이 내게 몸을
열어주어야 그 길을 지나갈 수 있다."

길에 비해 숙소나 식당 등 인프라가 부족해 다른 길에 비해 걷는 사람이 적다. 그래서 '절대고독의 길'이라고 한다.

아침 6시에 세비야 대성당을 출발했다. 길을 안내하는 노란 화살표를 만나면서 드디어 걷기 시작이라는 생각에 마냥 즐거웠다. 하지만 그 즐거움은 오래가지 못했다. 중간쯤 왔을 때 터만 남아 있는 로마 시대 유적을 보고, 첫날의 기대와 호기심이 넘쳐 15㎞ 정도의 들판을 걸었다. 그늘 없는 뜨거운 길이 오래 이어지고 내 속에 들끓던 소리가 달아오른 햇살에 튕겨 나왔다. 뜨거운 햇살을 온몸으로 받아내는 목화밭을 지나면서 2년 전 사리아Sarria 숙소에서 만난 글을 생각했다.

"산티아고 길에는 이방인이 없다. 아직 우리가 만나지 못한 친구들이 있을 뿐."

　나는 누군가에게 길 같은 친구였던 적이 있었을까. 서 있을
수만 있다면 희망을 가질 수 있다는 알베르토 자코메티Alberto
Giacometti의 작품들도 생각났다. 걸을 수 있어서 행복한 거야.
긴 그림자를 보며 내 안의 그림자를 하나님 앞에 내려놓는다.
내 안의 불평들이 길과 버무려진다. 산티아고 순례길은 길이
나를 불러주어야 올 수 있는 곳이다.

　어느 길을 가든 그곳이 내게 몸을 열어주어야 그 길을 지나
갈 수 있다. 누군가에게 그늘이 되어주고 싶은 그런 날, 나는
은의 길에 단단히 붙들려 있었다.

마음의 화살표
— 카스틸블랑코 Castilblanco

　길은 느리고 조금 천천히 깨어난다. 그래서 머리가 아닌 몸
으로 길을 느껴야 한다. 길의 흐름에 나를 맡기고 걷다보면
이해할 수도, 부정할 수도 없는 지난 날들이 영화의 한 장면처
럼 떠오른다. 마음의 화살표를 따라가라는 말을 수없이 듣고
왔다.

PRECAUCIÓN:
TRAMO COMÚN
CON N-120

누군가를 사랑해본 사람들은 사랑이라는 말만으로 자신의 감정을 다 담아낼 수 없다는 것을 안다. 그래서 사람들은 사랑에 설득당하기 시작한다. 지난 날의 어느 길에 아직도 울고 있는 나를 마주하는 시간이 있다.

엄마의 장롱 거울을 깨고 몰려오는 두려움에 잔볕이 남아 있는 볏짚 속에 숨어서 잠들었던 대여섯 살의 계집아이가 그렁한 눈으로 손을 잡는다. 그 경험은 입 밖으로 나오지 못하고 기억 속에 웅크리고 있다. 작고 말랑말랑한 손을 꼭 잡아주며 괜찮다고, 너의 호기심으로 지금 내가 명랑하게 잘살고 있다고, 잘했다고 토닥여준다.

올리브 농장이 있는 산 하나를 넘는다. 프랑스 부부는 역방향으로 걷는다. 가도 가도 올리브 농장이다. 이번 순례길에서는 친구를 못 만날 것 같은 생각이 든다.

# 은의 길을 들여다보며
— 알마덴

하얀 집들이 예쁜 카스틸블랑코Castilblanco에서 알마덴
Almaden으로 가는 길.

수많은 도토리나무와 소나무의 어우러짐이 햇살 아래 정겹
다. 서로가 서로에게 스며드는 일이 자연스러운, 그들만의 그
늘에서 잠시라도 이 길을 걷는 모든 사람이 행복하기를 빌어

본다. 사람과 사람 사이에도 따뜻한 바람이 불어 서로 자연스럽게 스며들기를 바란다.

산비탈에서 만난 이베리코 돼지를 피하다가 발목을 다쳤다. 배낭 무게 때문에 발목은 더 부어오르고 알마덴까지 힘들게 걸어 숙소에 도착했다. 약국에서 젤을 사서 바르고 압박붕대로 감았다. 이름이 예뻐서 은의 길을 걷기로 했다는 남편도 슬슬 은의 길이 불편해지는 것 같다.

프랑스 길에 비해 걷는 사람들이 적어 만나기가 힘들다. 슈
퍼마켓이나 숙소도 많지 않고 배낭 서비스도 없어서 택시로
보내야 한다. 사람을 좋아하고 이야기하는 걸 좋아하는 남편
에게는 은의 길이 명랑하지 않을 것이다.

한국에서 먹던 비싼 이베리코 돼지를 만났다. 스페인에서
는 돼지고기나 소고기가 그리 비싸지 않다. 이 넓은 곳을 두
고 한국까지 와서 사람들의 입맛이 되어준 이베리코 돼지가
가엾다는 생각이 들었다.

오늘은 은의 길이 무겁지만은 않다.

은의 길을 걷는 동안

"따뜻함을 경험한 사람들은 치유받는
느낌으로 다른 순례자들을 바라보게
되고 따뜻한 관계가 시작된다."

길을 찾아 길을 밀며 걷는 사람들.
길이 내 몸을 지나가는 사이 등 뒤로 수많은 마을이 생긴다.
힘든 날은 택시로 배낭을 보내고, 또 하루는 배낭을 메고 걸

기도 한 지 14일째, 라 칼사다 데 베하르La Calzada de Bejar에 도착했다. 주말에는 숙소가 없어 몇 개의 마을을 건너뛰기도 했다. 지금 내가 머문 세상은 스페인이다. 모칠라 서비스도 없는 이 불친절한 은의 길을 빨리 걷고 집으로 가고 싶다는 생각이 들 때쯤 하늘이 바다색을 담고 있다.

내 생각 끝이 은의 길이다.

일정한 질서 속에서 일하시는 하나님은 순례자들이 숨쉴수 있는 공간, 알베르게에 평화를 풀어놓았다. 근원적 쓸쓸함을 가지고 온 사람들이 서로를 유심히 살피고 염려해줄 때 천사의 모습을 발견한다. 따뜻함을 경험한 사람들은 치유받는 느낌으로 다른 순례자들을 바라보게 되고 따뜻한 관계가 시작된다. 순례길을 마치고 집으로 돌아와서도 그들을 그리워하게 된다. 지금 은의 길을 걷는 모든 분에게 하나님의 평안과 형통의 복이 임하기를 기도한다.

우리들의 술래

도토리나무와 소나무가 길게 이어지는 길.

묵묵히 걸음을 받아주는 길은 꼭꼭 숨긴 순례자들의 마음을 찾는 술래다. 순례자들의 발소리만 들어도 그들이 가진 상처를 알아차리고 기꺼이 기도의 뜰이 되어준다. 누군가를 먼저 보내고, 이별이라는 말이 서러워 서둘러 도망쳐온 사람들

은 길 속으로 숨어들고, 술래는 누군가에게 들키고 싶은 마음
을 담담하게 쏟아내도록 기도로 인도한다.

"길은 순례자들의 발소리만 들어도
그들이 가진 상처를 알아차린다."

자기 마음을 읽어달라는 넋두리가 모여 기도
의 뜰이 된다. 길과 순례자들은 서로 알맞게 스
며들어, 좋은 이웃으로 그늘이 되어주고 묵묵
히 또 걷는다.

한 걸음 한 걸음 주님의 은총으로.

마르코폴로양을
생각한다
— 모네스테리오~칸토스

소방관들은 "기도를 확장하라"는 말을 하고, 믿음의 사람들은 "기도줄을 놓치지 말라"는 말을 자주 한다.

다른 의미로 읽히는 말이지만 기도라는 말속에는 하나님의 숨이 들어 있다. 숨을 쉬어야 살 수 있는 삶. 사람들은 거짓된 말로 세상을 짓고 미혹한다. 그때마다 숨이 막힌다.

"숨을 쉬어야 살 수 있는 삶.
사람들은 거짓된 말로 세상을 짓고 미혹한다."

자기 때를 알고 한껏 살아가는 식물과 곤충의 세계, 그들을 움직이는 신비한 지혜는 어디에서 왔을까. 불평 한마디 없이 주어진 조건대로 최선을 다해 살아가는 그들의 묵묵함 속에는 위로와 공감이 있다. 풍경이 아름다운 스페인, 흘러가는 개울을 보면 위로가 되고 힘이 난다. 세상은 온통 하나님의 선물이다. 하나님의 숨결과 말씀으로 지어진 모든 것은 귀하고 아름답다. 우리에게 주신 자연을 지키는 것은 우리의 몫이다.

모네스테리오Monesterio에서 칸토스Cantos로 가는 길 위에서 파미르고원의 마르코폴로양*이 꿈꾸던 평화로운 세상을 그려 본다.

*이탈리아 여행가 마르코폴로가 파미르고원을 지나다가 거대한 뿔을 가진 양을 보았다고 하여 마르코폴로의 이름을 따게 되었다고 함.

길상 씨의 훈계
— 사프라Zafra

길과 나 사이에 올리브나무가 있고, 올리브나무와 나 사이에 우정이 싹트고 있다. 자연 안에 고요히 머물 때 지나간 사람들이 고이기 시작한다. 그들의 웃음소리가 고이고, 달그락대는 식탁 소리가 고이고, 아픈 몸이 고인다. 자꾸만 고이는 목소리가 나를 긴장시킨다. 지금도 경계선 밖에서 우리를 서로 사랑하게 만드는 길상 씨. 그 미소 지금도 환하다.

가족의 화목을 위해 늘 침묵하셨던 아버님의 훈계는 조용한 미소였다. 삶의 미세한 결을 흔들지 않고, 서로의 가치를 인정해주는 우리의 든든한 아버지가 계셔서 밝은 웃음소리가 났다. 또 다른 눈으로 삶을 바라볼 수 있도록 고요하게 웃어주던 아버지가 묵묵히 길을 걸어가신다. 따뜻하다.

　명절이면 길상 씨처럼 웃는 시동생을 보며 다정했던 날들을 생각한다. 길의 끝자락에서 마을들이 들창을 열고 순례자들을 반긴다. 길은 사람들에게 서로서로 사랑하라고 한다. 모두를 사랑하라는 말, 서로 사랑하라는 끌림에 내 안에 기쁨이 환해진다.

　순례길은 도시를 지나서 교회로 이어진다.
　오늘도 비슷한 길이지만 다른 길을 걷는다.
　산티아고 길은 예수님과의 추억이 많다.
　천사는 꼭 필요한 시간에 날개를 펴고, 접는다.

PART 2

Caceres

엄마의 보따리
— 카세레스

　중세 시대 성벽으로 둘러싸인 카세레스Caceres 구도심은 유네스코 세계문화유산이다. 로마 시대, 이슬람 시대, 북부 고딕 및 이탈리아 르네상스 건축양식이 남아 있는 구도심은 중세 시대의 모습이 온전하게 보존되어 많은 영화와 드라마가 촬영되었다. 일찍 도착하여 박물관이랑 미술관 관람을 했다. 현대미술관에서 김수자 작품 〈보따리〉를 만났다.

엄마는 목화솜으로 혼수이불을 만들어줬다. 빨강과 초록의 홑청이 참 예뻤는데 이불이 무거워서 몇 년 쓰다 목화솜만 새로 틀어 두고 홑청은 버렸다. 내가 버린 것과 똑같은 이불 홑청이 작품이 되어 사람들의 시선을 붙잡는다.

엄마의 날들이 아프게 와닿는다. 온몸이 아픈 엄마를 보는 것이 힘들어 자주 찾아뵙지 못했다. 부잣집 막내인 엄마는 막내며느리로 시집을 왔다. 마흔에 아버지가 돌아가시고 엄마는 맏이인 나를 많이 의지했다 그런 엄마와 맏이인 나는 서로 다정하지 못하고 불화했다.

김수자 작가의 〈보따리〉 앞에서 호스피스병동에서 마지막 숨을 몰아쉬던 엄마를 생각한다. 마지막 힘을 끌어내어 내 손을 꼭 쥐던 엄마…. 무슨 말을 하고 싶었을까.

엄마와 나는 비스듬히 기대어 보이지 않는 곳에 창을 내고 있다. 미안함도 그리움도 모두 사랑이다.

"엄마의 날들이 아프게 와
닿는다. 다정하지 못하고
불화했다. 미안함도 그리
움도 모두 사랑이다."

카냐베랄 블루스

카냐베랄Canaveral 작은 마을 입구.

연두색 의자가 잠시 순례자들을 쉬어가게 한다. 신발끈을 조이고 일어설 때 눈길을 끄는 글귀가 있다.

"오래된 나무는 불사르기 좋고, 오래된 포도주는 마시기에 좋고, 오래된 친구는 믿기에 좋고, 오래된 작가의 글은 읽기에

좋다. 노인들은 죽지 않는다. 다만 그들은 보이지 않게 될 뿐
이다."

슈베르트의 외모를 닮은 아버지는 음주가무를 좋아했다.
술을 좋아한 아버지 때문에 엄마의 저녁은 고단한 날이 많
았다.
하나뿐인 딸에게는 관대하면서도 공부에 대해서는 엄격한
아버지,
시험공부를 열심히 했던 단발머리 여학생이 팔랑팔랑 걸어
간다.

지킬 만한 것 중에 마음을 지키지 못한 아버지는 마흔에
〈대전블루스〉를 부르며 서쪽으로 가셨다. 이제 막 다섯 살이
된 동생은 죽음이 무엇인지 잘 몰랐다.

수령 깊은 아카시나무 근처에 아버지 집이 있다. 이제 잠잠
한 아버지 텔레비전에서 〈대전블루스〉가 나오면 불쑥 들이닥
친다.

"오래된 나무는 불사르기 좋고,
오래된 포도주는 마시기에 좋고,
오래된 친구는 믿기에 좋다."

오월이 되면, 아카시 꽃숭어리 어딘가에 앉아 〈대전블루스〉를 하얗게 날려 보낸다.

아침노을이 울컥 내려앉은 시간, 카냐베랄을 떠나며 "목포행 완행열차~"를 흥얼거린다.

외뿔고래
— 알데아누에바 델 카미노

    칼릴 지브란의『결혼에 대하여』를 생각하다 결혼 대신 길을 넣어본다. 서로 사랑하라. 하나 사랑에 속박되지는 말라. 함께 노래하고 춤추며 즐거워하되 그대들 각자는 고독하게 하라. 함께 서 있으라. 하나 너무 가까이 서 있지는 말라. 길은 각자 고독하다.

스위스 조각가 자코메티의 광장을 가로지르는 남자처럼, 깎아내고 깎아내 선처럼 보이는 남자가 광장을 역동적으로 가로질러 걷는 모습을 떠올리며 새벽에 길을 나선다. 무거운 다리를 달래가며 우리는 산티아고 대성당을 향해 노란 화살표를 따라 걷는다. 가볍게 떨쳐버릴 수 없는 상처들이 달그락거리며 자꾸 머뭇거리게 한다. 길은 깨진 상처를 싸매주려고 긴 팔을 들고 있다.

"오늘도 길은 순례자들을 유심히 살피고 따뜻하게 마음을 내준다."

흰고래들 사이에서 혼자인 외뿔고래와 비슷한 사람들이 지나간다. 어쩌면 우리 삶도 낯선 흰고래 무리 속 외뿔고래가 아닐까. 외롭지만 자신의 가치를 발견하며 살아가는 외뿔고래가 휘적휘적 걸어간다. 오늘도 길은 순례자들을 유심히 살피고 따뜻하게 마음을 내준다. 길과 나와의 관계가 시작되었듯이, 사랑이 사람을 사랑하게 될 때 세상의 외뿔고래들도 회전문을 잘 통과할 수 있을 거다.

뜻밖의 은의 길

— 라 칼사다 데 베하르
~ 푸엔테로블레 데 살바띠에라

시골집에서 1박을 하고 오전 8시에 길을 나섰다. 밤 사이 발 없는 천사가 안개를 메고 와 산골 목장에 부려놓았다. 짙은 안개가 소 떼를 품은 몽환적인 풍경이 1시간가량 이어졌다. 목장을 감싼 안개의 꿈틀거림으로 초원은 명랑하게 살아 붐비고 은의 길 중 어느 우연한 이 아침 풍경이 나를 춤추게 한다. 수묵화 같은 풍경을 담아 단톡방에 올리면서 깜깜한 새

벽에 출발하지 않고 늦게 출발하기를 잘했다고 생각했다.

안개 속에서 멋진 사진들을 찍느라 유쾌한 소란으로 가득한 아침, 모든 때를 아름답게 하는 하나님의 시간표를 알 수 있다면 얼마나 좋을까. 오늘 나의 영혼은 더없이 즐겁다. 하루하루 내딛는 발걸음마다 주님의 은혜가 새겨지기를 바라며 오늘도 명랑함으로 은의 길을 물들일 수 있기를 기도했다.

산티아고 단톡방에 계신 한샘이 멋지게 동영상을 만들어 올려주었다. 길이 나를 기다려주고 힘을 주듯, 가을볕이 곁으로 와 사랑의 단톡방을 열어주었다. 2021년 가을에 만난 천사는 은의 길 소식을 기다리며 댓글을 달아주고, 기쁨을 함께해 준 카미노를 사랑하는 분들이다.

뜻밖의 은의 길! 은혜의 길.

반얀트리
─ 라 칼사다 데 베하르

반얀트리Banyan Tree를 생각하며 사과를 잃어버린 수요일을
소환한다. 벵골고무나무는 사과를 낳을 수 없다. 손가락으로
만든 세잔의 사과를 걸어놓은 날 이후 벵골보리수는 기쁨을
들어올리는 친애하는 나무가 되었다.

며칠 앞서간 산돌 님이 カミノ 친구 카페에 은의 길에 대한

"어지러운 마음을 섞어가며 흔들흔들
벵골보리수가 걸어간다."

기록을 남겼다. 그 단상은 깔딱고개가 있는 길을 돌아서 가게 한다. 화살표를 벗어나 다른 길을 가던 중, 무시무시한 불도그가 달려들 듯 컹컹 짖어댄다. 남편도 겁을 먹고 움츠린 몸으로 스틱을 세우고 불도그를 피해 도망간다. 불도그의 입속에 스틱을 박았다는 산돌님의 글이 생각난다. 다행히 불도그는 울타리를 넘어오진 않고 무섭게 짖어대기만 한다. 이제는 친절한 노란 화살표를 따라가자며 떨리는 손을 잡는다. 차라리 깔딱고개가 무섭지 않다.

우리가 사는 세상에도 저렇게 불도그처럼 짖어대는 사람이 있다. 스틱만 쥐고 있으면 이제 두렵지 않다.

어지러운 마음을 섞어가며 흔들흔들 벵골보리수가 걸어간다.

인도에서 온 까만 눈망울의 반얀트리 나의 친구, 거실 구석에서 벵골고무나무였다. 사과나무로 불리기도 하는 반얀트리에게 수요일의 엽서를 보낸다.

나는 점점 탱탱볼처럼 가벼워지고 있어.

콜치쿰

오른손의 기억은 언제 돌아날까.

오른손이 지나가는 캔버스에 하늘이 내려오면 새들이 날개
를 펴고, 꽃과 잎들이 만나지 못하는 콜치쿰Autumn Crocus*이
무리지어 흔들린다. 바이러스가 그의 뇌를 지나간 여름 오른
손은 닫힌 방. 풀잎 사이에 내려앉은 햇살을 보고 울던 왼손

을 기억한다.

오후가 되면 유리창을 두드리는 꽃잎들.

벚꽃은 남김없이 떨어졌느냐고 묻던 체온은 내려가고, 그는 가볍게 새가 되었다. 푸드덕 날다 주저앉고, 푸르게 한번 날지 못한 삼십 년을 휠체어 위에 벗어두고 마침내 날아갔다 작은 엽서에 그림을 그리던 왼손이 그의 마지막 호흡을 붓질하며 쓸쓸한 생을 접었다.

수척한 시계 소리가 이제 구순의 어머니는 편안할 것이라는 위로를 건네준다. 마지막 호흡을 지킨 사람은 없지만, 그의 그림을 사랑했던 몇몇은 알고 있다.

오래 전 드레스덴에 두고 온 오른손을 만나 연꽃 상사화 흐드러지게 핀 아일랜드 모허 절벽으로 갔다는 것을.

"오른손의 기억은 언제 돌아날까.
풀잎 사이에 내려앉은 햇살을 보고
울던 왼손을 기억한다."

캔버스를 날아다니던 오른손이 움직이지 않던 날들,
  누이의 눈망울에 가득 담긴 슬픔을 캔버스에 담아놓고 떠
난 저녁, 우리는 아무것도 들어올리지 못하고 서 있었다.

  그가 건너다보던 세상 연꽃 상사화 숨골이 저리다.

*콜치쿰 : 연꽃 상사화.

가을피기 크로커스
— 모네스테리오

말들이 지나가는 길에 연꽃 상사화가 낮게 피어 있다. 말들
은 말발굽의 시간을 향기나는 기도로 견뎌야 한다.

오늘도 길과 사이가 틀어지지 않고 잘 걸을 수 있기를 기도
하며 모네스테리오Monesterio를 나선다. 아침노을은 선크림처
럼 지속력이 짧다. 아침노을이 늙지 않기를 바라며 아름다운

"걷기를 그만둘 수 없다는 생각 끝에
편안한 의자가 티라미수 향기처럼
우리를 끌어당긴다."

풍경을 충전한다. 풍경이 대우받는 길. 은의 길을 담으며 오
락가락 걷는다.

　슬슬 피하고 싶은 구간을 지날 때면 의자가 절실하다. 걷기
를 그만둘 수 없다는 생각 끝에 편안한 의자가 티라미수* 향기
처럼 우리를 끌어당긴다.

　인간과 더불어 살아가는 자연이 우리 삶을 채워준다. 자연
은 나에게 티라미수 같은 친구다.

*이탈리어로 "나를 끌어당겨 기분을 좋게 한다"는 의미를 담고 있다.

레온이 레온에 가다

2019년 남편은 회사에 무급휴가를 내고 프랑스 길을 완주 했다.

4월 7일 산티아고를 향해 떠났고, 나는 5월 9일 마드리드에 서 합류해 사리아부터 산티아고까지 115㎞를 걸었다. 그 당시 남편은 레온역 근처의 사자 동상을 보고 자신의 이름을 레온 이라고 지었다.

은의 길을 살라망카에서 접어 배낭에 넣고 다음에 기회가 되면 나머지 길을 걷기로 하고 2년 전 레온 님이 걸은 프랑스 길로 왔다. 기차 타고 레온에 도착해 대성당, 가우디가 건축한 카사 데 보티네스Casa de Botines를 관람했다.

보티네스는 중세의 향기가 살아 있는 모더니즘 건축물로 1969년에 스페인의 역사 기념물로 지정되었다. 검은 돌판으로 이루어진 지붕과 첨두아치*로 된 창문은 고딕 양식의 분위기를 풍긴다.

오늘 20㎞를 걸어 비야단고스 델 파라모Villadangos del paramo에 와 있다. 길을 오래 걷다보면 기억을 툭 치며 떠오르는 풍경이 있다. 어떤 풍경은 잠에서 깨지 않아 낯설고 새롭게 느껴진다. 그래서 이 길을 그리워하고 다시 찾는 사람들이 많다. 은의 길과 달리 프랑스 길은 순례자들이 있어서 명랑하다. 길과 사람들이 어우러져 행복한 길, 부엔 카미노!

＊첨두아치: 아치의 끝이 뾰족한 아치.

조금만 더 걸으면
네 눈물을 구워줄게

오래전 켈트족은

산티아고 길을 걷는 누군가의 눈물을 가져가 길 속에 묻어
주었다.

모든 방식으로 사랑했던 사람을 떠나보낸 눈물을 사랑한
켈트족.

여러 갈래의 팔로 이방인들을 부르고 있다.

조금만 더 걸으면 네 눈물을 구워줄게.

누군가를 보내주기 위해 길 속으로 들어간 사람들.
아프다는 말을 수습한 길은 부풀어올라 작은 무덤이 되고

"제 속살 서로 부딪치며 멍드는 침묵을
귀가 큰길을 만나 조심스럽게 건네주었어."

오후 3시가 되면 순례자들과 마을은 서로를 이해하게 된다.

이른 봄에 내리는 가시비를 불러 수만 그루의 엄마인 길을 향해 떠났어. 어둠을 끌어 덮고도 깨어 있는 길을 만나면 눈물을 묶어보려고.

제 속살 서로 부딪치며 멍드는 침묵을 귀가 큰길을 만나 조심스럽게 건네주었어. 아주 오래 전부터 시들지도 늙지도 않는 눈물을 먹어치운 무덤들이 성스럽게 이어지는 길, 그리움이 길어 그 먼 길을 다시 가게 되는 산티아고의 길.

비야단고스 천사

영화 〈오두막〉에서 자신을 파파라고 부르는 흑인 여인의 친근한 모습, 파파의 아들 예수는 청바지를 입고 맥과 함께 물 위를 걷는다. 바람의 숨결 사라유를 통해 신비한 체험을 보여 준다.

살라망카 골목 중국 슈퍼마켓에서 신라면과 너구리를 샀

다. 호스텔에 묵느라 라면을 끓이지 못해 배낭에 넣고 다녔다. 레온에서 비야단고스 델 파라모까지 걸은 날 호스텔에서 1박을 했다. 1층 카페는 코로나19로 문을 달았다. 라면이 먹고 싶어 기도한다. 산티아고 길을 걷다보면 내 생각이 기도가 된다.

라면을 들고 불 꺼진 카페 안으로 들어간 남편이 나오지 않는다. 덜컥거리는 소리에 안으로 들어가니 임시로 문을 닫은 넓은 식당이 보인다. 그곳에서 건장한 젊은이와 대화하던 남편이 "이분이 라면 삶아 먹으라고 부르스타와 냄비를 주셨

어. 냉장고에 있는 음료수도 골라서 먹으래.”

　눈부신 기적이 일어나는 그곳, 힐링의 공간 오두막! 그곳에서 우리는 스페인 천사를 만나 라면을 끓여 맛있게 먹으며 하나님의 체취를 맡는다.

　누군가의 기도가 나에게 친절한 선물이 되었듯이 나의 기도가 누군가에게 좋은 경험이 되기를 바란다.

　하나님은 끊임없이 우리를 찾아와 어루만져주고 치유해주신다.

PART 3

Camino frances

아스토로가 가는 길, 그 하늘

하나님은 자주 구름을 펼쳐 신비로운 하늘을 보여주신다.
아름다운 하늘을 보는 사람들의 환호에 소란함이 가득하다.
나는 매일 운중천을 산책한다. 길이 예뻐서 자주 가는 길을
'판티아고'라고 이름 지었다. 그 길을 걸으며 스페인 하늘을
참 많이 그리워했다.

"아름다운 풍경에 취할 때
긴장에서 벗어나
자유로워진다."

아름다운 것을 함께 보고 싶어 사진을 많이 찍었다. 아름다운 풍경에 취할 때 긴장에서 벗어나 자유로워진다. 바람은 망을 보고, 하늘은 내가 참 소중하고 귀한 사람이라고 일깨워준다.

누군가라는 막연한 관계로부터 나는 자유롭다. 팽팽하게 웅크린 자유가 실행되는, 길의 소란함을 즐기는 하늘은 더없이 화목하다. 길과 사람들은 서로 안부를 물으며 서로의 눈빛에 가까워지고 있다.

철의 십자가

— 폰세바돈~몰리나세카

철의 십자가는 자신을 내려놓고 가는 길이다. 사람들은 고
향에서 가지고 온 작은 돌이나 사진에 기도를 담아 내려놓는
다. 아픔을 동반한 그리움을 두고 돌이 많은 능선을 넘는 길
은 힘이 든다. 소중한 것들을 두고 내려가는 길은 애잔하면서
도 폭력적이다.

아픔에도 결이 있어 결대로 울어야 하는 날이 있다. 다른 순례자들처럼 철의 십자가 아래 두고 올 수도 어디론가 흘려보낼 수도 없는 오래된 날들이 돌산을 넘으며 무릎 안에서 부어오르기 시작한다. 언어 속에 욱여넣고 싶지 않아 침묵으로 지켜냈던 무거운 풍경 하나가 무릎을 만지는 순간 터져나온다.

내가 가진 사랑 중에 가장 깊어 끝을 알 수 없는 어린 목소리가 마음에 얹힌다. 줄어들지 않는 통증을 견뎌온 시간이 한순간 무너진다. 아프다고 말하지 말자, 소리내 울지 말자고 버텨온 시간이 철의 십자가 아래서 침묵을 깬다. 안녕이라는 말을 수없이 삼켰었다. 지켜주지 못했다는 미안함이 깊어서 매일 밤 아이를 업고 다니는 꿈을 꾸고 아침이면, 여기 없는 아이를 두리번거렸다.

그렇게 견뎌온 날들을 묶어 시집을 두 권이나 세상에 부려놓았다. 물이 많은 눈 속의 한 문장을 읽어내는 사람은 드물다. 길은 슬픔을 있는 그대로 받아들이고 이해하기로 작정한다.

그 길 끝에 아름다운 마을 몰리나세카가 있다.

여행을 갈 때 시집을 한 권씩 가지고 가서 여행 중 만난 사람이나 가장 기억에 남는 장소에 기증하고 온다. GOD의 〈같이 걸어요〉 팀이 묵었던 호스텔에서 1박을 했다. 사장님이 먼저 김치 파는 알베르게를 알려주신다.

　　골목이 아름다운 길을 지나 김치라면을 사왔다. 다른 순례자들에게 좀 미안했지만, 한국 음식이 너무 고팠다. 누룽지를 넣고 끓인 라면이 너무 맛있다. 누룽지 라면과 와인의 조합은 스페인에서 가끔 볼 수 있는 식탁 풍경이다.

　　카사 산 니콜라스Casa san Nicol'as 호스텔에 『사과처럼 앉아 있어』 시집을 두고 왔다.

산실주의보
― 사리아

한번도 아버지를 불러보지 못한 옹알이
어디에 내려놓을까.

　소멸의 눈빛이 또렷해지는 새벽, 후회 같은 것에 발목을 잡
히지 말아야 했다. 마음을 두드리는 땅끝의 소리를 밀어낼 수
가 없어 그의 마음이 위독해졌다. 길은 누군가의 눈물을 동여

매주는 긴 팔을 가졌다. 사리아 강에 옹알이를 풀어놓으며 눈을 감는다. 함께하지 못한 시간을 용서할 수 없어.

붉은 우비를 입고 발의 고백을 들여다보는 굵은 빗방울이 놀소리에 귀를 열고 입을 닫는다.

천국의 영혼이 새벽의 눈꺼풀을 쓸어주듯이
길은 저 혼자 울고 난 후 눈부시게 움직이기 시작한다.
어제와 다른 얼굴로 부엔 카미노는 앞서가고

옹알이는 이제 아버지라는 말을 습득했을까.

"마음을 두드리는 땅끝의 소리를 밀어낼 수가
없어 그의 마음이 위독해졌다. 길은 누군가의
눈물을 동여매주는 긴 팔을 가졌다."

도네이션 카페

    사리아에서 포르토마린 가는 길 산실 길에 도네이션 카페가 있다. 은의 길을 같이 걷던 영국 청년 쏨을 만나 사진도 찍고 잠시 카페에 앉아 옹기종기 쉬고 있는 사람들을 둘러보았다. 과일나무 사이 임시 변기에는 그물을 둘러놓았다. 소변만 보고 가란다.

과일과 차를 마시며 쉴 새 없이 명랑한 사람들과 고개를 끄덕이며 경청하는 사람들 사이에 길이 있다. 오랫동안 걸어온 사람들을 긴 팔로 안아주는 길은 사람을 평가하지 않고 조용히 기다리다가 슬그머니 필요한 것을 채워준다.

　할 수 있지만 하지 않는 것이 길의 사랑법이다. 타인을 피하지 않고 자기답게 사는 사람들이 배낭을 메고 길을 걷는다. 부엔 카미노라는 인사에 관심과 위로, 격려를 담아 서로서로 응원해준다. 오늘도 새롭게 부엔 카미노!

어떤 날의 우정
— 리바디소

리바디소Ribadiso de Baixo는 마트나 약국도 없는 작은 마을이지만 길이 예쁜 곳이다. 경이로운 눈으로 마을을 바라보면 주민들의 사랑에 머물게 된다. 마을은 따뜻함과 친절함으로 우리를 끌어당긴다. 산티아고 길의 매력이다.

해가 돋고 서늘한 바람이 불어와 밤의 빗방울을 말려 안개

"물컹물컹, 젖는 울음을 보내는 날이 올까.
그리움의 출구는 언제나 쓰라리다.
내 힘으로 어찌할 수 없는 감정의 파고를
길이 놓아준다."

비를 움직인다. 발이 없는 안개는 순례자들이 좋아하는 아침 풍경이다. 아무 일도 일어나지 않을 걸 아는 사람들도 모호한 풍경 속을 걸으며 슬픔에 젖거나 납작해진 통증이 아쉬워 눈물을 흘리기도 한다. 이제 안개와 나는 우정을 나누는 사이가 되었다.

   누군가 사무치게 그리운 날 걷기 좋은 구간이다.
   물컹물컹, 젖는 울음을 보내는 날이 올까.
   그리움의 출구는 언제나 쓰라리다. 내 힘으로 어찌할 수 없는 감정의 파고를 길이 놓아주길 바란다.

   눈을 감아야 보이는 뜻밖의 것들이 있다. 하나님의 마음을 기준음으로 흐트러지기 쉬운 마음을 하나님께 부탁하며 걷고 또 걷는다. 성당과 성당을 연결하는 마을을 걸으며 하나님의 사랑에 빠졌다.

   새로운 삶을 시작할 용기를 내보자.
   산티아고가 얼마 남지 않았다.

차곡차곡 걸어
산티아고

세비야에서 시작한 은의 길과 살라망카에서 레온으로 와서 걸은 프랑스 길, 힘들지만 한 발 한 발 나아가다보면 노란 화살표가 보이고, 차곡차곡 걸어 어느새 순례길의 종착지 산티아고 데 콤포스텔라 대성당에 도착한다. 그 길 끝에 내가 있다.

걸으면서 만난 내 안의 나는 이상하고, 불편하고, 교만하다.

나를 온전히 내려놓고 대성당 앞에서 만세를 부르는 나는 이제 제법 똘똘해졌다. 내가 중요하다고 생각했던 것들이 저 멀리 밀려간다. 누군가의 관심과 호의를 바라기 전에 내가 누군가에게 먼저 선물이 되어야 한다는 생각이 들었다.

산티아고 대성당에 도착하는 날은 비가 오고 추워서 힘이

들었다. 삼십여 일 햇살에 얼굴도 그을리고 마음도 단단하게 익었다. 차곡차곡 걸어 산티아고 데 콤포스텔라 대성당 오브라이도 광장에 도착했다.

남들처럼 만세를 부르고 뜨거운 눈으로 흐린 하늘을 올려다보았다. 발목 부상으로 힘들었던 날들이 이제는 기쁨으로

"길 끝에 내가 있다. 순례길을 걸으면서 만난 내 안의 나는 이상하고, 불편하고, 교만하다."

벅찬 눈물을 끌어올린다. 바닥에 누워 하늘을 보는 사람들, 얼싸안고 춤을 추는 사람들…. 내가 걸어온 모든 길이 이곳에 있다.

다음날 12시에 향로 미사를 드렸다. 순례자들이 모두 향로 미사를 드리는 건 아니다. 교회에 다니지 않는 스페인 남편도 감동하며 미사를 드렸다. 유럽의 땅끝으로 3차 전도 여행을 떠난 사도 바울을 생각하니 어느 하루도 감사하지 않은 날이 없다.

나 자신이 나에게 가장 소중한 사람이라고 산티아고는 말한다.

리얼 스페인

길은 나를 매일 불러내 물 흐르는 소리를 들려주고 나무와 풀밭 사이에서 흔들리는 꽃들의 사랑을 확인시켜준다.

스페인 순례길을 걷고 오면 많은 것을 버리게 된다.
배낭 하나로 달포를 살면서 단순한 삶의 자유로움을 누리게 해준 기억들이 나를 헐렁하게 만들어주었다. 이전에 잘 보이던 다른 사람들의 단점이나 얼룩들이 보이지 않는다.

순례길은 자신과의 약속을 지키는 길이다. 숨을 헉헉거리며 언덕을 오르던 많은 날들, 족저근막염으로 아픈 발바닥, 퉁퉁 부은 무릎을 달래가며 도착한 산티아고에 대한 그리움이 사라지지 않는다.

몸은 돌아왔는데 마음은 아직 그곳에 있다. 감자를 깎다가, 화분에 물을 주다가, 불현듯 산책하러 나간다. 길의 침묵을 들여다보고 말을 건다. 길은 매일 매일 다르게 서술된다.

산티아고 길은 한번도 안 간 사람은 있어도, 한번만 간 사람은 없다고 한다. 그리움에 냉찜질이 필요한 날 백현동의 리얼 스페인을 찾는다.

"길은 나를 매일 불러내 물 흐르는 소리를
들려준다. 나무와 풀밭 사이에서 흔들리는
꽃들을 보여준다."

시계비행
— 빌바오 구겐하임 미술관

"무질서하지만 섬세한 스페인을 평생 사랑할
수도 있다는 느낌을 건네준 빌바오 구겐하임
미술관. 길에 발을 올려놓으면 길이 알아서
나를 데려다준다."

건물 자체가 작품인 프랭크 게리Frank Gehry의 빌바오 구겐
하임 미술관Museo Guggenheim Bilbao.

티타늄 외관이 굽은 벽면을 덮고 날씨와 계절 시간에 따라
다른 느낌으로 도시를 바꿔놓았다. 비가 내리는 미술관에 안
개가 걸리고, 마망Maman은 배 아래 주머니에 새끼들을 품고
몸을 웅크린다. 엄마 거미는 새끼 거미와 루이즈 부르주아의
엄마, 우리 모두의 엄마다.

강렬한 색채의 "한국 추상 표현주의 화가" 고故 최욱경을
만났다. 두 권의 시집을 낸 시인, 자신의 정체성을 찾기 위해
적극적이고 자유로웠던 그는 지금 어느 시간을 비행하고 있
을까.

불현듯 마주친 원색의 색들이 서로 뒤엉켜 슬픔이 두텁게

내려앉는다. 무질서하지만 섬세한 스페인을 평생 사랑할 수
도 있다는 느낌을 건네준 빌바오 구겐하임 미술관.

　길에 발을 올려놓으면 길이 알아서 나를 데려다주고 나만
의 카미노가 완성된다.

큐비츠
— 피코스 데 에우로파 국립공원

　피코스 데 에우로파Picos de Europa 국립공원은 유럽의 봉우리다. 스페인 북부를 동서 방향으로 가로지르며 길게 뻗어 있다. 참나무와 너도밤나무 숲으로 가득한 이 공원은 들쭉날쭉한 석회암 봉우리와 깎아지른 협곡이 절경이다. 스페인의 상징적인 동물 칸타브리카 불곰, 이베리아 늑대들의 고향이기도 하다.

"낯선 국립공원의 아름다운 풍경을 내 시간
속으로 끌어들일 때, 나의 지경이 확장되고
삶의 지평이 넓어진다."

걷기를 끝내고 렌터카를 빌려 북쪽 길을 돌아보았다. 언젠가 다시 와서 걷고 싶은 길 1순위다. 칸가스Cangas에서 코바동가Covadonga 호수를 보고 국립공원을 간다. 가던 길을 멈추고 카메라를 들이대야 할 신비로운 풍경이 곳곳에 있다. 저 산은 얼마나 오랫동안 웅크려 있었을까. '멋지다'는 말은 적당하지 않아 창조주 하나님께 감사가 넘치는 날이다.

산 아래서부터 정상까지 다섯 시간을 돌아보는데 산 정상은 눈이 내려 환상적이다. 눈 내린 산비탈에 검은 소들이 풀을 찾고 있다. 저 아름다운 풍경이 세상 사람들에게 위로가 되기를 바라며 북쪽 길을 꼭 배낭에 담아야겠다는 약속을 했다.

체인을 걸지 않고 내려오는 산길은 살얼음이다. 긴장한 스페인 남편의 얼굴이 굳어 있다. 사람의 연약함을 드러내게 하고, 담대함을 주시는 하나님께 기도하며 엉금엉금 산에서 내려왔다. 남편으로 인해 나의 작음이 드러나고 단단해지고 있다. 국립공원의 낯설지만, 아름다운 풍경을 내 시간 속으로 끌어들일 때 나의 지경이 확장되고 삶의 지평이 넓어지고 있다.

　반복되는 삶에서 멀미를 느끼는 사람들에게 산티아고 길을 꼭 걸어보라고 말해주고 싶다. 이 길 덕분에 삶이 가지런해지고, 순환되는 축복이 있다. 어디서나 큐비츠*할 수 있는 남편이 있어서 참 다행이다.

*큐비츠 : 사소한 말을 나눌 수 있는 친구.

세잔의 사과,
사과처럼 앉아 있어

폴 세잔Paul Cezanne은 현대 회화의 아버지라고 불리는 19세기 후반 프랑스의 후기인상파 화가다. 부유한 은행가의 아들로 태어나 부모의 뜻에 따라 법학 공부를 하다가 화가가 되기로 결심, 미술 공부를 시작했다. 세잔은 루브르박물관에 드나들며 대가들의 정물화를 보고 따라 그리면서 연습했다. 수많은 연습을 통해 과거 정물화와는 다른 정물화를 창조했다.

세잔의 정물화 속 사과는 형태를 철저히 분석하여 그린 완전한 오브제였다. 에밀 졸라의 도움으로 인상파 화가들과 교류하면서 그의 개성적인 화풍을 다듬어 후기인상파 중 가장 뛰어난 인물로 꼽힌다. 19세기 틀에 박힌 모든 가치를 부정했다. 주요 작품으로 〈빨간 조끼를 입은 소년〉, 〈사과〉, 〈카드놀이하는 사람들〉과 엑상프로방스Aix-en-Provence의 생트 빅투아르산Mont Sainte-Victoire을 주제로 한 많은 작품이 있다. 그의 작품과 미술 개념은 20세기의 많은 화가, 특히 입체파의 발전에 큰 영향을 미쳤다.

피카소는 "나의 유일한 스승 세잔은 우리 모두에게 아버지와도 같다"고 말했고, 그렇게 세잔은 현대미술의 아버지가 되었다.

세잔의 아틀리에를 찾아 엑상프로방스에 가다

오래된 의자 위에 사과 하나 앉아 있다.

"사과처럼 앉아 있어."

시집을 세잔이 앉았던 의자에 내려놓았다.

하루 종일 사과를 보아도 본질을 볼 수 없던 날들이 오래된 화구들 사이로 번진다.

세잔이 직접 설계하고 지었다는 아틀리에, 세잔이 살아생전 쓰던 다양한 물건과 그림 그리는 도구들, 창문으로 쏟아지는 빛과 각도에 따라 다른 느낌을 주는 드로잉은 깊은 떨림을 주었다. 세잔이 생전에 그리던 여러 그림 도구와 꽃병, 옷들, 세잔의 유명한 사과 연작 그림의 소재들이 움직일 듯 놓여 있어 세잔의 그림 모티브나 생각을 느낄 수 있었다.

화구와 이젤을 챙겨 생트 빅투아르 산을 향해 뚜벅뚜벅 걸어가는 세잔의 등이 구부정하다.

삐딱한 시선으로 붓을 놀리는 세잔의 눈에 세상은 기울어가고 있었다.

에밀 졸라와 뛰놀던 산을 항상 바라보며 친구를 그리워했지만, 끝내 화해하지 못하고 비가 오는 날 산에서 그림을 그리다 비를 맞아 폐렴으로 죽었다. 비의 비린내가 남아 있는 아틀리에로 졸라의 영혼이 찾아오지는 않았을까 생각하며 카메라 앵글을 돌려본다.

나는 사과 하나로 파리를 정복하겠다

대부분의 생애를 거의 대중의 오해와 불신으로 일관했던 세잔은 파리의 살롱전에서 떨어지고 난 후 고향으로 돌아가 사과를 많이 그렸다. "나는 사과 하나로 파리를 정복할 것"이라고 말한 것은 에밀 졸라가 우정의 표시로 자기에게 준 사과 한 알에 대한 우정을 잊지 않았고, 세잔은 친구가 준 사과를 소재로 독특한 작품들을 남겼다. 중력을 무시해야 사과의 본질을 볼 수 있다는 생각으로 많은 노력을 했다.

사과에 깊이 매료되어 있던 세잔은 사과 속의 사과를 그렸다. 다시 점으로 사과의 본질을 꿰뚫어보려고 시도했고, 튀어나오는 고정관념을 거두어내며 본질을 찾아가는 방식으로 대상을 다시 해석하려 노력했다. "세상에는 역사적으로 유명한 세 개의 사과가 있다. 아담과 이브의 사과, 뉴턴의 사과, 그리고 세잔의 사과"라는 말이 있을 정도로 현대미술에 큰 영향을 주었다.

작품의 주제는 주로 풍경과 정물이지만 초상도 더러 있으며 색채는 강렬하면서도 차분하다. 〈볼라르의 초상화〉나 〈묵주를 든 노파〉를 그릴 때 "움직이지 말고 사과처럼 앉아 있어"라는 말을 자주 했다고 한다. 인간이 사과처럼 되려면 도구화시켜야 한다고 생각했다. 너와 나는 별개인 관계이지만 사물을 도구화시킬 때 퍼포먼스가 된다.

　사과와 정물을 들여다보면 그림에 시간이 들어 있다. 그는 반사광에 의해 나타나는 대상들의 객관적인 모습보다는 그 밑에 깔려 있는 구조를 강조했다. 인간과 자연이 어떻게 하나가 되는지를 늘 고민하며 그린 그림을 볼 때면 세잔의 음성이 들린다.

　"움직이지 말고 사과처럼 앉아 있어!"

산티아고 순례길의 끝에는
산티아고 데 콤포스텔라 대성당이 있다.

산티아고 순례길 알아두기

용어

Camino de Santiago : 산티아고 순례길

Peregrino : 순례자

Credencial : 순례자 여권

Sello : 도장

Albergue : 순례자 숙소

Casa rural : 스페인 민박. 농가의 집주인들이 방 하나 또는 전체를 빌려주는 숙소. 순례객이 적은 은의 길이나 포르투 길, 프리미티보 길 같은 곳에서 주로 볼 수 있으며 가성비가 좋다.

Gite : 프랑스 민박. 시골의 프랑스 가정식을 맛볼 수 있다.

Catedral : 대성당

Flecha : 화살표

노란 화살표 : 1984년 갈리시아 주 오 세브레이로Cebreiro 교구의 한 신부가 아이디어를 냈다. 따로 예산을 들여 안내판을 설치하는 게 아니라 기존에 있는 구조물에 페인트로 화살표를 칠하자는 것. 그렇게 노란 화살표가 만들어졌고 화살표 방향으로 걸으면 된다.

동키 서비스Backpacks transport, Transporte de equipajes : 묵고 있는 알베르게에서 다음 알베르게까지 배낭을 배송해주는 서비스이다. 동키 서비스는 전날 미리 신청해야 한다. 알베르게 관리자나 호스피탈로에게 부탁하면 쉽게 알 수 있다. 요금은 거리에 따라 다르다.

간단한 인사말

Hola : 안녕

Buen Camino : 좋은 길 되세요

Gracias : 감사합니다

Adios : 안녕히 계세요

por favor : 부탁합니다 ~주세요

Lo siento : 미안합니다 실례합니다

Menu del dia : 오늘의 메뉴

Menu del peregrino : 순례자 메뉴

Agua : 물

Cerveza : 맥주

Vino : 와인

Cafe con leche : 카페라떼

pan : 빵

연명지 에세이
차곡차곡 걸어 산티아고

지은이_ 연명지
펴낸이_ 조현석
펴낸곳_ 북인
디자인_ 푸른영토

1판 1쇄_ 2025년 05월 15일

출판등록번호_ 313 - 2004 - 000111
주소_ 서울 마포구 동교로19길 21, 501호
전화_ 02 - 323 - 7767
팩스_ 02 - 323 - 7845

ISBN 979-11-6512-503-5   03810
ⓒ연명지, 2025

**이 책은 성남시 지역 예술인 창작지원금을
지원받아 제작되었습니다.**

책값은 뒤표지에 있습니다.
저자와 협의 아래 인지를 생략합니다.